L'inspecteur Petit à la Coupe du monde

Auteur : Antonio G. Iturbe
Traductrice : Yvelise Rabier
Illustrateur : Àlex Omist

Maquette de couverture : Mélissa Chalot
Maquette intérieure : Mélissa Chalot
Illustration de couverture : Àlex Omist
Colorisation des illustrations : Simon Sternis
Réalisation PAO de l'intérieur : Médiamax

Title of the original edition: LOS CASOS DEL INSPECTOR CITO y su ayudante Chin Mi Edo: Misterio en el mundial de futbol

Originally published in Spain by **edebé**, 2010
www.edebe.com

Title of the original edition: LOS CASOS DEL INSPECTOR CITO y su ayudante Chin Mi Edo: Un día en las carreras

Originally published in Spain by **edebé**, 2009
www.edebe.com

Crédit des images : fond matière bois pp. 2-4 ; trombone p. 2 ; paire de lunettes p. 3 ; punaise p. 4 : © Shutterstock.

ISBN : 978-2-01-786542-1

www.hachette-education.com

Sommaire

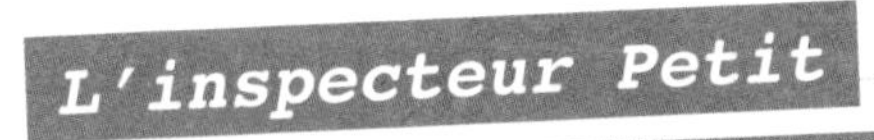

Les policiers

Inspecteur Petit

L'inspecteur Petit n'est pas très grand, mais c'est un des meilleurs policiers au monde ! Pour mener ses enquêtes, il se sert de ses nombreuses loupes. Si l'inspecteur ne suit pas une piste, c'est qu'il mange... car il est très gourmand !

Sergent Chan San Peur

Le fidèle assistant de l'inspecteur est un Chinois. Son calme et sa maîtrise du kung-fu sont très utiles dans les situations difficiles. Avec sa longue natte et sa tenue rouge, il ne passe pas inaperçu !

Capitaine Tonnerre

C'est lui qui dirig
le commissariat. Sa mauvais
humeur est légendaire : il es
encore plus en colère quand il voi
que l'inspecteur Petit fait cuir
des saucisses dans son bureau

L'Inspecteur Petit
à la Coupe du monde

Au commissariat central, l'inspecteur Petit est plongé dans la lecture de *L'Encyclopédie des grands détectives*. À ses côtés, le sergent Chan San Peur est, quant à lui, en pleine méditation. Mais leur tranquillité est de courte durée. Tout à coup, le capitaine Tonnerre fait irruption[1] dans la pièce.

— Vous devez prendre immédiatement le premier avion pour le Brésil. La Coupe

1. **fait irruption :** entre brutalement.

du monde de football commence dans deux jours, et on vient de voler la coupe.

— Et il faut qu'on se dérange pour ça ? Ils ne peuvent pas aller, dans un magasin, acheter un vase qui ferait l'affaire ? lui répond l'inspecteur.

— Non, mais vous plaisantez ?! C'est la coupe, la coupe en or qui revient à l'équipe gagnante. La compétition ne peut pas commencer si on ne la retrouve pas !

À leur arrivée à Rio de Janeiro, Petit est ravi à l'idée de passer quelques jours au soleil. Il s'est donc mis en tenue de vacances : chemisette et bermuda. Mais il est tellement distrait qu'il s'égare[1] dans le terminal de l'aéroport[2]. L'inspecteur s'adresse alors en espagnol à un employé :

— Excusez-moi : pourriez-vous nous indiquer où se trouve la sortie ? Nous sommes perdus, mon collègue et moi.

— Pardon ? lui répond en portugais l'employé.

— Mais oui, suis-je bête ! On ne parle pas l'espagnol, mais le portugais au Brésil !

1. **s'égare :** se perd.
2. **terminal de l'aéroport :** lieu où arrivent et d'où partent les passagers.

Où Petit et
Chan San Peur
viennent-ils d'arriver ?

À l'aéroport, la présidente de la Fédération internationale de football accueille les deux policiers. Elle les attendait avec impatience, car la disparition de la coupe l'inquiète beaucoup.

— Alors, dites-moi ce qui s'est passé, demande l'inspecteur après s'être présenté.

— La coupe était placée dans une vitrine du stade de Maracanã[1], et nous avons retrouvé l'étagère vide ; il y avait aussi des… gouttes de sang.

— Nous allons enquêter sur place immédiatement, réplique l'inspecteur. Menez-nous au stade.

1. **stade de Maracanã :** stade de football de Rio de Janeiro.

La présidente les conduit sur les lieux du vol. Petit ouvre son imperméable et en sort sa loupe numéro 1 super-grossissante. Il examine les taches de sang avec beaucoup d'attention, puis se frotte le menton.

— Vous allez faire analyser ces traces par un laboratoire ?

— Non, Madame. Je vais faire mieux que ça : je vais les manger !

Et il plonge un doigt dans une des taches rouges, puis se le met dans la bouche, sous le regard horrifié de la présidente.

— Mais qu'est-ce que
vous faites ? Vous êtes devenu fou !

— Ça oui, je suis complètement fou
de sauce tomate. Et puis, elle est très bonne !
Cette sauce a une saveur particulière…
Cela me rappelle une recette, mais je ne
me souviens plus exactement de laquelle.

— Et comment comptez-vous mener
l'enquête ?

— Je pense faire ça en trois étapes.

— C'est-à-dire ?

— Entrée, plat et dessert. Un détective
réfléchit beaucoup mieux le ventre plein.

Au restaurant, tous les trois parlent à nouveau de la mystérieuse disparition :

— Cette coupe a une très grande valeur et la compétition serait annulée si vous ne la retrouvez pas, explique la présidente.

— Oui, je le sais bien. Je pensais commencer par interroger des employés du stade. Ils ont peut-être remarqué des choses louches.

— Vous avez carte blanche[1] pour mener votre enquête !

1. **avoir carte blanche :** être libre de faire tout ce que l'on veut.

Que mangent les trois amis ?
Ils mangent du poulet.

Qui accompagne l'équipe japonaise ?

Lorsque les deux policiers retournent au stade, ils croisent l'équipe du Brésil qui repart en dansant joyeusement. Puis ils vont discuter avec le gardien qui surveille l'entrée.

— On dirait qu'il y a beaucoup de passage par ici, déclare l'inspecteur.

— Oui, beaucoup de gens entrent et sortent par cette porte. Et il n'y a pas que les joueurs. Par exemple, un musicien vient jouer de la samba[1] pour notre équipe pendant les entraînements. Les Japonais ont leur professeur d'arts martiaux[2], et les Italiens leur cuisinier qui leur prépare des macaronis et des pizzas.

1. **samba :** musique et danse brésiliennes.
2. **arts martiaux :** sports de combat.

— Cela doit être difficile de bien surveiller cette entrée, lui dit l'inspecteur.

— Nous avons des portiques de sécurité, comme ceux qu'il y a dans les magasins. Toutes les personnes qui circulent ici passent

devant. Si quelqu'un porte un objet en métal sur lui, une alarme se met tout de suite en route. Cela permet d'éviter que des gens mal intentionnés[1] entrent avec un pistolet ou un couteau.

---

1. **mal intentionnés :** qui veulent faire du mal.

Au bar, les deux policiers dégustent une limonade, tout en discutant de leur affaire :

— Qu'en pensez-vous, Sergent ?

— Il y a quelque chose qui ne colle pas : la coupe est en or et l'or est un métal. Pourquoi le portique n'a-t-il donc pas sonné lorsque le voleur est sorti du stade ?

— C'est une bonne question, Sergent.

— Et si la coupe n'avait pas vraiment quitté le stade ? Elle est peut-être encore cachée à l'intérieur ?

— Vous avez raison ; allons jeter un coup d'œil, Sergent.

龍

L'inspecteur et son assistant explorent alors tout le stade et croisent plusieurs équipes.

— Sergent, arrêtez vite l'entraîneur de l'équipe d'Argentine !

— Vous pensez qu'il a volé la coupe ?

— Mais non ! Je veux juste lui demander un autographe[1], mais je n'arriverai pas à le rattraper. Allez-y : vous êtes plus rapide que moi.

1. **autographe :** signature d'une personne connue.

D'après l'inspecteur,
s'agit-il d'un voleur
professionnel ?

Ils fouillent tout le stade. Ils regardent sous les sièges, dans les vestiaires et même sous les drapeaux de corner. Mais les deux policiers ne trouvent rien.

— Je pense que le voleur n'est pas un footballeur, dit l'inspecteur.

— Pourquoi ? réplique le sergent.

— Les joueurs rêvent de la Coupe du monde pour la brandir, pour la présenter à leur famille et à leurs amis. Si l'un d'eux doit la cacher pour ne pas se faire prendre, il ne pourra plus la montrer à personne. Alors, pourquoi en voudrait-il ?

— Vous pensez donc qu'il s'agit d'un voleur professionnel ?

— Je n'ai encore jamais vu de voleur laisser des traces de sauce tomate, répond l'inspecteur.

Petit consulte sa loupe-montre numéro 6 et constate qu'il est l'heure de dîner.

Rio de Janeiro est une très grande ville du Brésil et on y trouve toutes sortes de restaurants. Les deux policiers entrent dans un établissement qui sert des spécialités de tous les pays.

— Cette affaire m'a mis en appétit. Garçon, apportez-moi dix pizzas au jambon !

Le serveur le regarde, sidéré[1].

— Cela ne va pas faire trop pour vous tout seul, Monsieur ?

— Vous avez raison. N'en apportez que neuf.

1. **sidéré :** très surpris.

Les assiettes arrivent, et l'inspecteur commence à manger. Tout à coup, il s'immobilise, la bouche ouverte.

— La pizza n'est pas bonne, Chef ? demande Chan San Peur.

— La tomate !! La tomate !! s'écrie-t-il d'une grosse voix.

Le serveur revient immédiatement avec un plateau rempli de boîtes de sauce tomate.

— Vous voulez plus de tomate, Monsieur ? Combien de boîtes désirez-vous ? Vingt ? Trente ?

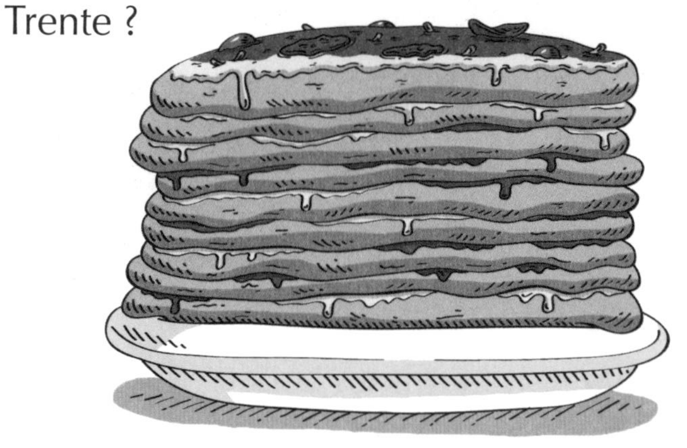

Combien de pizzas Petit a-t-il commandées ?

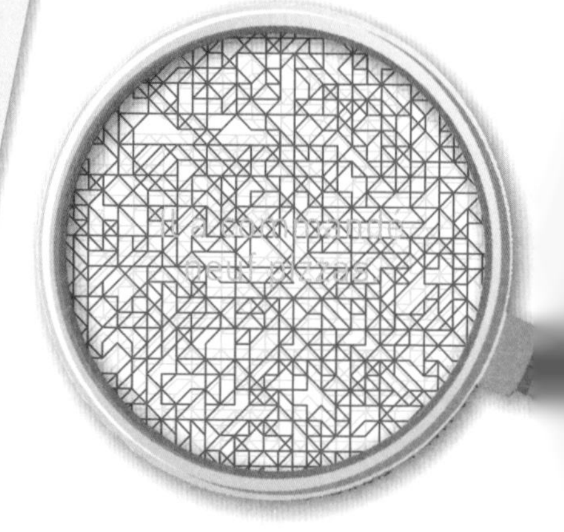

— Maintenant, je sais quelle saveur me rappelaient les taches près de la vitrine : elles avaient le goût de la sauce tomate des pizzas ! Cette sauce contient une pointe d'origan — une herbe qu'utilisent les Italiens dans leurs recettes traditionnelles. Ça fait une sauce délicieuse ! s'écrit l'inspecteur.

— Et donc cela nous donne une piste ?

— Cela signifie que la sauce tomate a été faite par un cuisinier italien. Et où pensez-vous que l'on puisse en trouver un par ici ?

— Le cuisinier de l'équipe italienne, bien sûr ! À présent, je comprends mieux pourquoi les portiques n'ont pas sonné au stade : ils arrivent juste en dessous de la tête, car personne ne peut rien cacher dans sa tête… sauf si l'on porte une grande toque[1] de cuisinier !

— Eh oui, pile ce qu'il faut pour dissimuler[2] la coupe ! conclut Petit.

1. **toque :** long chapeau rond et sans bord.
2. **dissimuler :** cacher.

À l'hôtel de l'équipe italienne, Chan San Peur ouvre la porte avec une de ses techniques de kung-fu. Les policiers surprennent le cuisinier les mains dans la pâte… à pizza.

— Police ! s'écrie le Chinois.

— Sergent, vous voyez la même chose que moi ?

Le cuisinier utilise la coupe pour… préparer les pizzas !

— Et qu'est-ce que je pouvais faire d'autre ? demande le cuisinier. Mon rouleau à pâtisserie s'est cassé pendant le voyage, et, ça, c'est ce que j'ai trouvé de mieux pour étaler la pâte.

— Eh bien, sachez que « ça », c'est l'inestimable[1] trophée de la Coupe du monde. Rendez-le-moi.

1. **inestimable :** qui a beaucoup de valeur.

— Il me reste encore cinq pizzas à faire. Je vous rendrai la coupe quand j'aurai terminé.

— Je vous ai dit de me la donner tout de suite ! s'énerve l'inspecteur.

Petit tente de lui prendre la coupe, mais le cuisinier refuse de la lâcher. Finalement, à force de tirer d'un côté, puis de l'autre, le trophée leur échappe des mains et passe par la fenêtre.

— Noooonnn ! Elle va se casser ! Quelle catastrophe !

龍

Tous se penchent à la fenêtre pour regarder le trophée se briser par terre. Mais il se passe soudain quelque chose d'incroyable…

Le gardien de but de l'équipe italienne a entendu les cris et voit le précieux objet tomber. Il s'élance alors de façon spectaculaire et… réussit à le saisir en plein vol !

— Quel bel arrêt !

— La coupe est sauvée !

En bas, dans la rue, les gens applaudissent comme si le joueur avait arrêté un penalty.

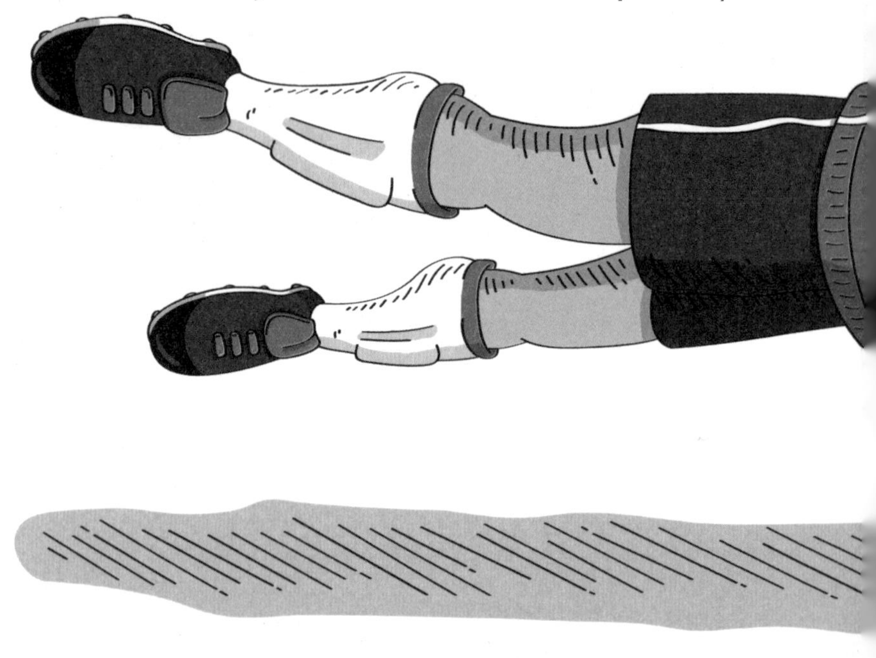

— Voici votre trophée, Madame la présidente. La Coupe du monde peut commencer !

— Merveilleux ! Mais… pourquoi est-elle pleine de farine et de tomate ?

— Ça, c'est à ce cuisinier qu'il faut le demander, répond l'inspecteur.

— Veuillez me pardonner, implore[1] le cuisinier. Ne me jetez pas en prison,

1. **implore :** supplie.

s'il vous plaît. Je ne savais pas qu'il s'agissait de la coupe du monde. Tout ce que je souhaitais, c'était faire de bonnes pizzas.

— Quel est votre avis, Inspecteur ? demande la présidente.

— Je crois qu'on peut lui pardonner ce vol. En échange, il va préparer des pizzas gratuitement pour les spectateurs du stade pendant toute la compétition : cela lui servira de leçon !

Finalement, la Coupe du monde de football peut commencer à la date prévue.

L'inspecteur Petit et le sergent Chan San Peur sont invités par la présidente à suivre le match dans le stade.

Une serveuse très aimable s'approche d'eux, un plateau dans les mains.

— Ces Messieurs désirent-ils une coupe ?

— Mademoiselle, ne me parlez plus de coupe : j'en ai la moustache qui se hérisse !

Et toi, es-tu prêt(e) maintenant
à mener l'enquête ?
Retrouve les 12 ballons de football
qui sont cachés dans les images
de cette histoire.

L'Inspecteur Petit en mission à Londres

Le capitaine Tonnerre est le grand patron du commissariat central. Alors qu'il se trouve dans son bureau, une odeur étrange arrive jusqu'à ses narines. Une odeur inhabituelle. On dirait…

— Du chorizo[1] grillé ! Mais ce n'est pas possible. Qui peut bien faire frire du chorizo dans un commissariat ?

Le capitaine sort de son bureau, et l'odeur le mène jusqu'à la porte du département des Affaires étranges, mystérieuses et super-difficiles.

1. **chorizo :** saucisson espagnol.

— Ça ne pouvait être que vous, Inspecteur Petit ! s'exclame Tonnerre. Vous ne savez pas qu'il est interdit d'installer une cuisine à l'intérieur d'un commissariat ?

— Mais ce n'est pas une cuisine : c'est ma loupe-poêle numéro 2, qui marche à l'énergie solaire, se défend l'inspecteur.

— Vous me tapez sur les nerfs ! Allez, préparez-vous à partir immédiatement pour Londres. Vous devez retrouver un cheval d'une très grande valeur qui a disparu.

Avec quoi l'inspecteur fait-il frire le chorizo ?
Il utilise sa loupe-poêle numéro 2.
龍

Après leur atterrissage à l'aéroport de Londres, un taxi conduit l'inspecteur Petit et son assistant Chan San Peur au commissariat de police le plus important du pays : le grand quartier général de Scotland Yard.

NEW SCOTLAND YARD
POLICE

Le lieutenant Tip leur résume toute l'affaire :

— Rapidity est le meilleur cheval de course d'Europe. Il doit participer à la compétition la plus importante de l'année, dimanche prochain, à l'hippodrome d'Ascot. Mais Rapidity a disparu. Nous allons faire un tour en ville, et je vous expliquerai tout cela en détail.

Quel est le nom de
la femme policier anglaise ?
POLICE

— Vous avez parlé d'un hippodrome… Qu'est-ce que c'est, Lieutenant ? demande l'inspecteur.

— Cela ressemble à un circuit pour les courses de voitures, mais en terre pour que les chevaux puissent galoper le plus vite possible. En Angleterre, nous adorons les courses

hippiques[1] ! Il se trouve que Rapidity est le cheval préféré de la reine. Elle viendra en personne à Ascot pour le voir courir. Nous devons absolument le retrouver avant dimanche !

1. **courses hippiques :** courses de chevaux.

ASCOT
WR03 POLICE

Tip les conduit jusqu'à Ascot dans sa voiture de police.

— Sommes-nous bientôt arrivés, Lieutenant ?

— Je vois que vous êtes impatient de commencer l'enquête, Inspecteur.

— En vérité, je suis plutôt pressé d'aller manger un bon sandwich à la mortadelle[1] : j'ai une faim de loup.

1. **mortadelle :** charcuterie italienne.

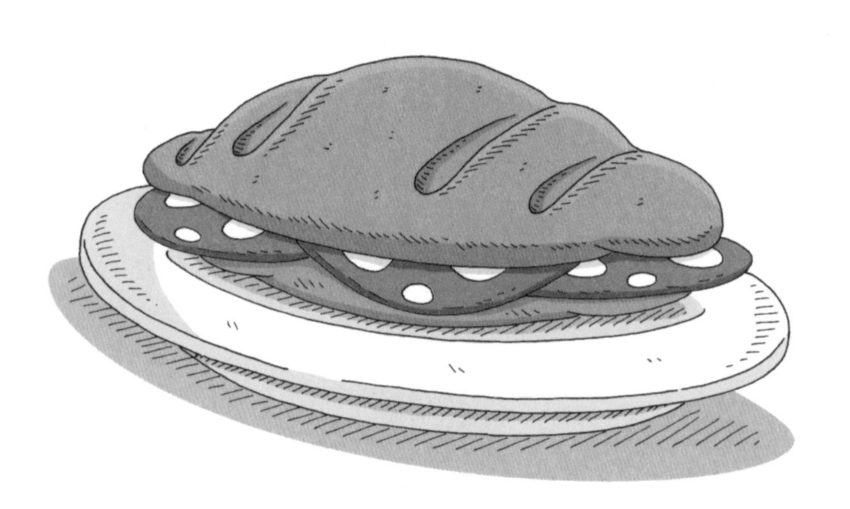

Parvenus à l'hippodrome, ils vont trouver le propriétaire de Rapidity. Celui-ci leur explique ce qui est arrivé :

Rapidity a-t-il pu s'échapper seul de son box ?

— Je suis allé à son box[1], comme tous les matins, pour lui donner de la paille. Mais, quand j'ai ouvert la porte, j'ai vu que Rapidity n'était pas là. Vous savez : un cheval ne peut pas ouvrir tout seul une porte. Donc, c'est forcément quelqu'un qui l'a emmené. Retrouvez-le, je vous en supplie !

1. **box :** partie d'une écurie qui abrite un seul cheval.

龍

Les deux policiers entrent dans l'écurie, là où dorment les chevaux.

— Sergent, avancez lentement et faites très attention.

— Pour ne pas risquer de détruire des indices[1] ?

— Pour ne pas marcher dans du crottin surtout !

— Chef, je ne vois aucune trace de voiture aux alentours.

L'inspecteur Petit sort sa loupe numéro 1 super-grossissante pour mieux voir.

— Tiens, il y a quelque chose ici : on dirait du pop-corn écrasé. Et les chevaux ne mangent pas de pop-corn. C'est peut-être une piste.

Le sergent trouve, lui aussi, quelque chose.

— Regardez, Inspecteur : il y a des traces de peinture blanche sur la paille.

— Eh bien, nous avons maintenant deux pistes !

---

1. **indices :** éléments qui aident à retrouver un coupable.

Les enquêteurs se réunissent au bar de l'hippodrome avec le lieutenant Tip.

Un serveur leur demande tout de suite s'ils souhaitent une tasse de thé.

— Du thé ? s'étonne l'inspecteur.

— Le thé est la boisson nationale en Angleterre, explique le lieutenant.

— Et quel goût ça a ?

— C'est une boisson chaude à base d'herbes, Monsieur, lui répond le serveur. C'est comme boire une camomille[1].

— Mais vous êtes fou ou quoi ? Moi, je ne prends de la camomille que quand j'ai mal au ventre. Apportez-nous plutôt deux chocolats chauds et un kilo de beignets.

1. **camomille :** plante qui permet de bien digérer.

Quelle est la boisson favorite des Anglais ?
龍

— Alors, qu'avez-vous trouvé dans les écuries ? demande le lieutenant Tip, curieuse.

— Il n'y a pas de traces de pneus, mais les empreintes d'un individu : je pense donc qu'on n'a pas emmené Rapidity en camion, dit le sergent Chan San Peur.

— Effectivement. Et s'ils sont partis avec le cheval en marchant, les voleurs n'ont pas pu aller bien loin.

Il doit être caché quelque part près d'ici.

— Et nous avons trouvé autre chose…, précise le sergent.

— Oui, du pop-corn écrasé. Le voleur devait l'avoir coincé dans sa semelle et un morceau est tombé dans l'écurie. Il y a aussi des traces suspectes[1] de peinture.

— Nous devons aller enquêter au village.

---

1. **suspectes :** bizarres.

Les trois policiers interrogent un monsieur en train de faire son jardin.

— Excusez-moi : pourriez-vous me dire s'il y a un cinéma près d'ici ? lui demande Petit.

— Non. Le plus proche est à vingt kilomètres.

— Vous avez l'intention d'aller voir un film, Inspecteur ? s'inquiète Tip.

— Non, Lieutenant. Nous cherchons d'où provient le pop-corn que nous avons découvert dans les écuries. Au cinéma, on mange bien du pop-corn, non ? Notre voleur travaille peut-être dans un cinéma.

— Mais, dans ce village, il n'y en a pas.

— Effectivement..., soupire l'inspecteur.

— Quelqu'un aurait-il une idée sur d'autres endroits où l'on trouve du pop-corn ? demande Petit.

Le sergent Chan San Peur s'assoit par terre pour méditer.

— Méditer, c'est penser avec les yeux fermés, explique l'inspecteur à Tip.

— Moi, je ne ferme les yeux que pour dormir et pour me laver les cheveux, plaisante le lieutenant. Ah, et aussi quand j'étais petite, au cirque : les lions me faisaient peur.

— Excellente idée, chère collègue ! Le cirque ! On y mange des montagnes de pop-corn, et n'importe qui peut s'en coller un à la semelle. Peut-être que c'est un employé du cirque qui a volé le cheval. Allons vite faire un tour là-bas.

Où peut-on acheter du pop-corn ?
On peut en acheter au cirque.

Lorsqu'ils arrivent au cirque, le patron vient les saluer.

— Je suis M. Monty, le directeur du cirque. Vous cherchez quelque chose ?

— Oui. Nous sommes policiers. Nous cherchons un cheval noir qui s'appelle Rapidity. Quelqu'un l'a volé à l'hippodrome.

— Vous ne le trouverez pas ici. Comme vous le voyez, nous n'avons que des animaux sauvages d'Afrique : des éléphants, des lions, des zèbres, des girafes et des chameaux.

Ils regardent tout autour d'eux et constatent que M. Monty dit vrai[1].

1. **dit vrai :** dit la vérité.

NY'S PUB

Quels animaux
le lieutenant a-t-il
vus au cirque ?

Plus tard, au pub[1], les trois policiers s'installent autour d'une table pour discuter :

— Que pensez-vous du directeur du cirque, Inspecteur ?

— Je crois qu'il ne doit pas se laver souvent. Quand je lui ai serré la main, elle était pleine de peinture blanche.

— Mais le directeur disait vrai, répond le lieutenant. J'ai regardé partout, et les seuls animaux qu'il y a dans le cirque, ce sont des éléphants, des lions, des zèbres, des girafes et des chameaux. S'il y avait un cheval, je l'aurais vu.

1. **pub :** nom donné aux bars en Angleterre.

En sortant du pub, ils se trouvent nez à nez avec des ouvriers qui font des travaux dans la rue.

— Il faudra faire attention en traversant. Ils sont en train de peindre les rayures du passage clouté, prévient le lieutenant.

— Regardez ça. Les ouvriers peignent la chaussée, et, d'un coup, la rue n'a plus le même visage, remarque Chan San Peur.

— C'est ça, Sergent ! Je sais où est Rapidity ! On l'avait sous le nez et on ne s'est rendu compte de rien. Dépêchons-nous de retourner au cirque, s'exclame Petit.

龍

Les policiers arrivent au cirque et vont voir les animaux africains.

L'inspecteur demande à son assistant de prendre un jet d'eau et d'arroser le zèbre le plus grand.

— Mettez le jet à toute puissance, Sergent !

— Que faites-vous donc ? Pauvre zèbre ! Il va attraper froid, s'inquiète le lieutenant Tip.

Mais l'eau commence à effacer les rayures blanches de l'animal.

— Ce n'est pas un vrai zèbre : c'est Rapidity ! Ils lui avaient peint des rayures pour le déguiser en zèbre et pour qu'on ne le reconnaisse pas. C'est pour ça que le directeur avait des taches de peinture blanche sur les mains ! Quand j'ai vu les ouvriers peindre le passage clouté, j'ai tout compris.

À l'aide de quoi
Chan San Peur
arrête-t-il
M. Monty ?
龍

M. Monty se rend compte qu'il est démasqué[1].

— Le directeur du cirque essaie de s'échapper à vélo ! s'écrie le lieutenant.

À toute vitesse, Chan San Peur sort son nunchaku d'une de ses poches. (Ce sont deux bâtons reliés par une chaîne dont se servent les experts en kung-fu.) Il le lance et touche l'une des roues du vélo, qui s'arrête d'un coup.

Sous le choc, le directeur est projeté par-dessus le guidon et tombe dans une flaque de boue.

— Quel joli coup ! Et… affaire résolue !

Maintenant, il va falloir bien laver Rapidity et le ramener à l'hippodrome le plus vite possible : il doit y être à temps pour la course !

1. **démasqué :** découvert.

Le lendemain, l'inspecteur Petit et le sergent Chan San Peur sont à l'hippodrome pour assister au Grand Prix.

Rapidity court comme une fusée. Il passe devant tous les autres chevaux et franchit le premier la ligne d'arrivée. Tout le monde l'applaudit, et la reine d'Angleterre lui remet la médaille du vainqueur.

— Vous avez vu comme Rapidity a bien couru, Inspecteur ?

— Comment voulez-vous que je voie quelque chose avec les énormes chapeaux que portent les dames ici ? Mais je suis heureux que tout se soit bien terminé. En revanche, je dois rentrer d'urgence.

— Nous avons une autre affaire à résoudre ? s'étonne Chan San Peur.

— Non, pas du tout : c'est parce que je veux manger un sandwich aux calamars avec plein de mayonnaise.

Et toi, es-tu prêt(e) maintenant à enquêter ?
Cherche 9 petits chevaux de bois comme celui-ci, cachés dans les images de cette histoire.

Achevé d´imprimer en Espagne par Grafo à Basauri Dépôt légal: Avril 2019 - Édition 02 - 22/403